Kitty: la Primavera, l'Amore.

Il vento soffia'
battevano;
il freddo imperversava con prepotenza nella
casa,
e la pioggia rigava violentemente i vetri
delle finestre.
Sopraggiungeva ormai l'inverno e nel camino
ardeva la legna scoppiettando.
Fuori era buio e gelido, la luna pallida ed
argentea risplendeva nella notte
e illuminava la città vuota.

In Barnaby Street, una squallida e smorta
stradina di Boston,
un fascio di luce fioca proveniva da una
finestra;
il rumore della macchina da scrivere
irrompeva nel silenzio delle tenebre.
Era Kitty che nella sua stanzetta angusta
volava via
in pensieri lontani sommersa di carte e
inchiostro.

Kitty, una graziosa fanciulla di 15 anni era
orfana e viveva con i signori Perkinson,
la sua aspirazione era quella di diventare
una scrittrice e poter andare a New York.
Vestiva sempre con abiti semplici; i capelli
biondini, raccolti in un codino,
scendevano da un lato del volto quasi
coprendole i suoi bellissimi occhioni
azzurri
con i quali squadrava curiosamente le
persone che le venivano incontro.

Non aveva molti amici, ma da quei pochi
ricavava tutto l'affetto che potevano darle.
Il suo amico più fidato era Mark, un ragazzo
di 17 anni che suonava la chitarra
e studiava al Conservatorio;
e quando Kitty lo sentiva suonare, le note
raggiungevano il suo cuore e il suo volto,
i suoi occhi si illuminavano di gioia.
Si conoscevano da bimbetti, quando Kitty
ancora non sapeva neanche parlare.

Era povera, bella e ambiziosa; la sua
simpatia raggiungeva gradita a tutti.
Eppure sotto quella personcina estroversa si
celava un velo di malinconia,
un dolore profondo e intenso che ogni tanto
raffiorava sul viso.
Quando parlava dei genitori che l'avevano
abbandonata,
le si leggeva negli occhi un certo mistero,

quasi come se volesse tenere segreti il suo
passato e i suoi pensieri
e la sua voce, soave e delicata, assumeva
toni gravi, seri e distaccati.
Quella Kitty non era la stessa di un minuto
prima
che ballava e giocava felice con gli amici.

I Perkinson l'accudivano ma non provavano lo
stesso amore che la ragazza avrebbe voluto
e questo, forse, indebolì il carattere già
fragile di Kitty.
Un altro ragazzo, con sua sorella, rendevano
più movimentata la sua vita:
erano Michael, di 19 anni e Rebecca di 15.
Il primo alto, magro, bello, castano, con i
capelli lunghi;
la seconda biondina, alta, capelli a
caschetto.
Insieme organizzavano feste o uscivano per i
negozi antichi della città.

Un giorno Kitty s'incontrò con Michael come
aveva sempre fatto ma il suo cuore batteva
forte,
potevi sentire distintamente il suo pompare;
le sue gote si colorirono di rosso e v'era
uno strano luccichìo nei suoi occhi,
in quel momento ancora più splendenti.
Capì poco dopo, di provare emozioni profonde
ed eccitanti che prima non aveva mai e poi
mai provato
e scoprì che quello era Amore.

Ma era timida e non avrebbe mai avuto il coraggio di dirlo al suo amico.

Decise così di sfogarsi e aprì il suo cuore, versando le sue innumerevoli sensazioni in una lunga,
commovente poesia scritta così, di getto.
Ogni sera, prima di andare a dormire,
la rileggeva e fantasticava sulla sua vita con lui.

Mark era sempre lì, a casa sua, come ogni Giovedì sera
e notò quella poesia chiusa in un piccolo cassetto dove Kitty teneva conservate tutte le cose più care.
Disse che era bellissima e la trasformò,
come al solito, in una splendida canzone;
la musica impervadeva in tutta la stanza e la casa e Kitty, chiudendo gli occhi, si lasciò andare.

Alla curiosità di Mark, tirò un lungo sospiro e raccontò per filo e per segno tutto ciò che provava
quando Michael le era accanto; Mark contento per la "sua" Kitty le passò una mano tra i capelli
"Kitty...la mia bimba è cresciuta...ti ho sempre voluto un mondo di bene...fammi conoscere questo
Michael e gli parlerò io di te!".

"Grazie Mark, ti voglio bene!" rispose Kitty e gli gettò le braccia al collo piangendo e gioiendo al tempo stesso.

Passò qualche giorno e Kitty uscì a fare una passeggiata per fare la spesa alla signora Perkinson.
Era ferma davanti alla cassetta delle mele del fruttivendolo
all'angolo di Sugar Street, al grande mercato domenicale;
alzò lo sguardo e all'improvviso gli si scurì il viso,
dagli occhi spuntò una lacrima...fece cadere per terra la busta con la frutta,
facendola scivolare sul suolo con un tonfo.
Il cuore le batteva forte e chiuse una mano in pugno stropicciando un foglietto di carta bianca:
Michael camminava teneramente abbracciato ad una ragazza.
Era bassina, magra, con i capelli scuri al vento;

Kitty era profondamente delusa, con gli occhi gonfi di dolore riprese da terra la busta e si avviò strascicando a casa.
Chiamò subito Mark, aveva bisogno terribilmente di parlare con qualcuno;
Mark corse da lei per ascoltarla,
rimase a fissarla negli occhi e cercò di calmarla:

"Su, Kitty, fatti forza, non è l'unico
ragazzo sulla terra e poi può sempre
diventare tuo".
"Sì, ma io lo amo troppo, ho bisogno di lui"
singhiozzò Kitty.

Dopo alcuni giorni Michael andò a trovare
Kitty, non sapendo che lei avesse scoperto
di lui.
La salutò col suo fare dolce e ammiccante e
le chiese di uscire con lui per fare quattro
passi e comprare un gelato.
Kitty contò lentamente fino a 10 nella sua
mente, titubante, poi acconsentì.

Lo guardava con occhi disperati e innamorati
e lui se ne accorse;
cominciò a parlarle delle sue ultime novità
e accennò alla sua dolce Terry
ma finì di raccontare la sua storia quando
si accorse che Kitty stava piangendo,
letteralmente in lacrime, con il volto fra
le mani.

MichaeL si fece allora premuroso, prese
Kitty per la mano e si sentì in colpa...
Si fece spiegare da Kitty il motivo per cui
piangeva, anche se già aveva capito tutto.
Kitty non finì nemmeno di dire "...perchè ti
am.." e Michael 'aveva già presa stretta tra
le braccia
e l'aveva baciata candidamente sulle labbra.

Poi, con voce soave le disse:
"Kitty, lo sai che ti ho sempre voluto bene
e non sopporto vederti soffrire così.
Lascerò Terry, piccola mia, anche perchè lei
non l'ho mai amata davvero e l'ho scoperto
meglio proprio oggi.
Anzi Kitty credo proprio di amare te".
Kitty asciugò le sue lacrime, abbozzò un
sorriso, le brillavano gli occhi e prese per
mano Kitty,
appoggiò lentamente il suo capo sul petto di
lui,
con l'altra mano lo accarezzò
delicatamente...finalmente si sentiva
felice.

Poco dopo Michael lasciò Terry dicendole la
verità e si fidanzò con Kitty in poco meno
di una settimana.
Terry si sentì tradita, amareggiata, e più
di tutto aveva capito di averlo perso per
sempre.
Erano stati insieme per un anno e poi in
meno di due mesi una sconosciuta era
riuscita a strapparlo dalle sue braccia.

Qualche mese dopo Kitty e Michael decisero
di fare una festa in onore del loro
fidanzamento e ognuno invitò i suoi amici
più cari.

Michael ritenne opportuno far venire anche
Terry che tanto stava soffrendo in quel
periodo.

Kitty preparava gli aperitivi mentre Mark
metteva un disco sul piatto dello stereo.
Le note lente e cadenzate si rincorrevano
l'una dopo l'altra e le prime persone
incominciarono a ballare,
altri assaggiavano il rustico a piccoli
morsi, altri ancora si riunivano a parlare;
in un angolino Paula e Robert cominciarono a
baciarsi tra un bicchiere di Coca-cola ed
una patatina.
Rebecca parlava con Julie e Maximilian che
erano i più piccoli del gruppo.

Terry si appartò per non dare fastidio a
nessuno, aveva un bicchiere vuoto,
lo girava e rigirava tra le mani, fissando
gli occhi nel vuoto.
Le si avvicinò Mark non potendola vedere
così triste e la invitò a ballare con lui.
Terry accettò e tra un ballo e l'altro
cominciarono a conoscersi meglio.

Miky e Kitty erano felici come due uccelli
nella foresta selvaggia e si sentivano
attratti da un certo fascino,
da un'aria che li rendeva particolarmente
uniti.

Terry all'inizio sentiva chiudersi il cuore
in gola ed ogni tanto fuggiva a rinchiudersi
nella stanza al piano di sopra.
E ogni volta Mark saliva rapido le scale e
la convinceva ad aprire la porta
e tornare giù nella grande sala per
festeggiare tutti insieme.

Piano piano Mark si avvicinò a Terry,
tentando di distrarla da Michael e cercando
di lasciarla andare.
Al'inizio Terry era titubante, soprattutto
molto confusa.
Amava ancora il "suo" Michael, tuttavia
cominciava a provare una strana simpatia ed
un'attrazione per Mark;
non sapeva più cosa fare ma dopo un pò
cedette alle proposte incalzanti di Mark.

Egli cominciò a tenerla stretta a sè, le
accarezzava con dolcezza tutto il corpo,
fino a che le sue labbra non furono su
quelle di Terry che chiuse gli occhi e
abbracciò Mark.

Michael li notò ed era contento che Terry
avesse trovato qualcun altro con cui poter
trovare l'affetto
e l'amore che erano scomparsi.
Pensò solo per cinque fuggenti minuti alla
sua storia con Terry mordicchiando una
tartina,

poi scorse Kitty entrare nel salone e,
dimenticando ogni altro pensiero, la guardò
dritto negli occhi,
sempre più innamorato...

Allo scoccare della mezzanotte le coppie si
baciavano candidamente
e Kitty e Michael annunciarono ufficialmente
il loro fidanzamento.
Terry si congratulò con loro e approfittò di
quella serata per far sapere agli altri
che anche lei aveva trovato il suo "principe
azzurro", Mark;
esultante di gioia se lo prese tra le
braccia, gli sorrise, gli diede un grosso
bacio sulla guancia
e lui, dagli occhioni azzurri e ricci
capelli neri, la contraccambiò con uno sulle
labbra.
Finalmente tutto si era risolto per il
meglio e tutti avevano ritrovato la persa
felicità.

L'unica preoccupazione rimasta riguardava
gli esami di maturità che avrebbe dovuto
conseguire Michael:
avrebbe dovuto lavorare sodo in quel mese e
lui stava male al solo pensiero di dover
rinunciare a Kitty per studiare.
Ma si persuase e pensò che dopo sarebbbero
stati vicini più di prima.

Ormai stava finendo anche la primavera e tra poco sarebbe giunta l'agognata estate.
In quei caldi pomeriggi di giugno Miky era costretto a stare in casa a studiare ma appena
ne aveva il tempo telefonava Kitty per poter parlare insieme,
per sentirsi vicini l'un l'altro e scambiarsi teneri sussurri.
A volte Kitty lo raggiungeva a casa sua e studiavano insieme.

Miky studiò con impegno ma tante volte si lasciò andare non resistendo alla sua più grande tentazione.
Arrivò il giorno dell'esame scritto.
Se la cavo bene, un pò meno agli orali; ma per lui l'importante era prendere il diploma per potersi dedicare all'Università, ai suoi hobbies
e naturalmente a Kitty.
Ebbe 37/60, forse si aspettava qualche voto in più ma lì fuori all'edificio a forma di cubo color ocra
con il portone in ferro e le finestre e le scalette di marmo, nell'androne,
fra il mormorìo degli studenti, ad aspettarlo c'era Kitty che gli corse incontro.
Lui aprì le braccia e se la portò stretta al suo cuore: era lei la più bella consolazione della sua vita.

E presto sarebbbero partiti per un viaggio stupendo in Italia per poi andare a Parigi. Terry si riprese del tutto e non era mai stata bene in vita sua con Mark; certo era stata con Michael per un anno e mezzo ed era difficile dimenticarlo ma stava rivivendo una nuova vita.

I quattro partirono dall'aeroporto di Boston con il primo volo e giunsero a Roma investiti da un sole caldo e protettore, dal tepore dei fiori intorno a loro, dalle strade strette e contorte e dai resti della grande civiltà romana. Passeggiarono lungo le rive del Tevere, posteggiarono in un prato tranquillo, stesero l'allegra tovaglia colorata a quadroni e fra uno spuntino e l'altro si alternavano candidi baci, piccole carezze e poi via, a correre insieme fino alla sponda del rivolo per poi buttarsi a terra e rotolare con i vestiti bagnati e un'espressione buffa sul volto. Nel pomeriggio armati di macchina fotografica visitarono la bellissima cupola di San Pietro e la fontana di Trevi dove espressero i loro desideri.

I giorni passarono veloci fra visite a scavi e musei e romantiche passeggiate

e ripartirono così per la città dell'amore
per eccellenza: Parigi.
E vissero momenti magici fra i quadri del
Louvre, le statue di cera e la Tour Eiffel,
il Luna Park e i popcorn, le luci
sfavillanti della notte e gli intimi
bagliori dell'alba.

Tornarono a Boston e Michael si iscrisse al
primo anno di Economia e Commercio.
Mark riprese in mano la sua inseparabile
chitarra con la quale divertiva la sua bella
Terry
e gli studi al Conservatorio.
Kitty riprese a scrivere nel suo studio
abbellito da poco tempo da una splendida
cornice che sorrideva
alla foto di Michael coi capelli al vento
con un braccio attorno alla vita di Kitty
davanti alla Tour Eiffel.
Terry, terminata la scuola, trovo un lavoro
part-time come baby sitter e frequentò
l'Università di Archeologia.

Nel frattempo i signori Perkinson avevano
notato il notevole cambiamento di Kitty,
era diventata più aperta, più sicura di sè,
più solare, più donna.
Sì, si resero conto che que'unica figlia che
avevano stava per volare con le proprie ali.
Intanto il padre adottivo, Philip Perkinson,
un uomo dai capeli castani e occhi verdi,

era riuscito a sollevare le sorti della
propria ditta e dopo un brutto periodo si
ritrovò di sicuro più ricco di prima.
Comprò tanti splendidi abiti per la moglie e
Kitty,
e si apprestava a preparare una magnifica
festa di compleanno per la figlia,
quella figlia che tanto voleva bene anche se
non lo dimostrava molto
e non si era mai aperto completamente a lei.

In verità non osava amarla come una vera
figlia ma poi, col passar del tempo,
vedendo quella bimbetta crescere sotto ai
propri occhi e ingraziosirsi sempre di più
ogni giorno
non potè fare a meno di affezzionarsi al
punto di non saper stare senza discutere
serenamente con lei.
Magari all'ora del tè davanti al grande
tavolo rotondo di noce, col caminetto acceso
mentre quella birba di Missy, la loro gatta,
si rotolava contenta sul tappeto
rincorrendo un gomitolo di lana.
La moglie di Philip, Charlotte, era una
brava casalinga che passava il suo tempo
a cucire maglioni e a giocare a scacchi con
la ormai anziana signora delle puiizie,
diventata poi sua grandissima amica.

Era Charlotte una donna sui 45 anni di età,
dai contorni delicati e da una voce sottile,

i capelli di un biondo platino erano corti
fino all'altezza del collo,
nei suoi occhi si poteva leggere amore,
compassione, ma anche un pò d'invidia,
invidia verso tutte le donne che potevano
fare figli mentre lei,
che non poteva, avendo subito uno shock in
un incidente stradale,
aveva dovuto vivere per anni angustiata dal
dolore.
E la sua salvezza era stata Kitty.

La trovò per la strada, con i vestiti
malridotti, infreddolita, ammutolita dalla
paura e affamata.
La portò in casa per riscaldarla e darle del
cibo:
le chiese come si chiamava e come mai si
trovava così per la strada.
Ella non poteva avere più di 8 anni, seppe
rispondere alla prima domanda quanto alla
seconda
rispose solo confusamente che era uscita con
la madre a fare una passeggiata e non
l'aveva più vista.
Quanto ci fosse di vero in quelle parole e
cosa ci poteva ancora essere
che Kitty nascose alla sconosciuta che
l'accudì, questo nessuno lo scoprì.
Ma da quel momento Kitty trovò una famiglia
e Charlotte si riebbe completamente dal
trauma dell'incidente.

In tutti questi anni che erano trascorsi
Kitty non aveva però dimenticato la sua
"vera" famiglia.
Ma come fare per rintracciarla?
Le uniche cose che sapeva erano che sua
madre si chiamava Katherine, che il padre
era all'estero per lavoro
e si ricordava vagamente il volto pallido
della madre, i suoi capelli neri
e quei suoi occhi anch'essi neri intensi,
grandi, misteriosi.
Si ricordava i suoi modi gentili, quella sua
pacatezza e la pazienza, qualità che aveva
ereditato.
Mah! Risalire ai veri genitori, però,
rimaneva un'impresa.
Eppure per Kitty era molto importante
poterli rivedere,
parlare con loro, ritornare a vivere con
loro.
Mark promise di fare del suo meglio per
aiutarla,
"non ti lascerò da parte solo perchè sto con
Terry ora" aggiunse.

Nel frattempo i genitori di Kitty erano a
Philadelphia distaccati in un piccolo borgo
e,
sapendo che la figlia era a Boston,
riuscirono a rintracciarla e a giungere
dinanzi la sua casa.
Bussarono al portone.

Sally, la donna delle pulizie, si stava
acconciando i lunghi capelli bruni con delle
forcine,
si guardava allo specchio che rifletteva i
suoi occhi cerulei un pò stanchi.
Aprì e fece accomodare gli ospiti nel
salotto.

Dopo cinque minuti entrò la signora
Charlotte ad accoglierla.
Mentre stavano parlando Katherine raddolcì
la voce e implorò:
"Fatemi vedere Kitty, la prego!".
Charlotte la fece chiamare.
Kitty entrò intimorita e felice al tempo
stesso nella stanza.
"Kitty", esclamò la mamma.
"Mamma, mammina mia", disse Kitty.
Si abbracciarono, si rivedevano dopo più di
8 anni.
Vide accanto alla soglia un uomo sui 48
anni, con dei capelli di un biondo solare e
due occhi verdi e impetuosi come il mare,
questi le venne incontro piano, poi le
disse:
"E così sei tu il mio angelo, Dio mio come
sei cresciuta!".
Esclamò quelle parole con tale enfasi che
fremeva di gioia e commozione.

Nel frattempo Katherine prese una busta
indirizzata a Charlottee gliela porse:

"La dovevo spedire, ma ho preferito dargliela di persona.
E mi raccomando che la ragazza non lo venga a sapere".

Detto ciò le strinse la mano in segno d'amicizia, abbracciò Lot, il marito, e la figlia
e fece segno d'andar via.
"Ma ritorneremo presto!" dissero e se ne andarono.

Grande era la gioia nel cuore di Kitty che quasi non le era sembrato vero di poter stare di nuovo accanto a loro.
Era tardi e Kitty era molto stanca per tutte le novità accadute quel giorno,
quindi decise di andare a dormire.

Accertata che tutti erano a letto, la signora Charlotte andò nel suo studio e aprì quella lettera.
La lesse, diede un piccolo sussulto, la ripose nascosta fra le carte del suo cassetto.
"Oh no! Non ne avrebbe parlato di certo con lei, certo che non le avrebbe detto niente, perchè farla soffrire così?".

Qualche giorno dopo venne Michael a casa ed esultante di gioia

mostrava a Kitty la buona riuscita di un
esame universitario per lui difficile.
Entrarono nello studio e si chiusero a
chiave.
Cominciarono a dirsi tenere parole e ad un
tratto Kitty esclamò:
"Vè, presto Miky, prendimi una penna e un
foglio, voglio scriverti qualcosa".
Michael aprì il cassetto, prese la roba e
vide, rovistando, quella lettera spuntare
fra tutte quelle carte.
"E questa cos'è?". "Boh, mettila sullo
scrittoio, dopo vedremo!", esclamò Kitty.
"Chiudi gli occhi adesso e aspetta - riprese
Kitty - e scrisse sul foglio una frase.
"Adesso leggi!", esultò.
C'era scritto con un color oro "Michael ti
amo" incorniciato in un grazioso lavoro di
disegni blu cobalto.
"Dici così perchè non sai quello che provo
io, è un qualcosa di indescrivibile!".
Risero tutti e due e si abbracciarono.

Quando se ne andò, Kitty si ricordò di
quella misteriosa lettera che le aveva fatto
notare Michael.
Era stanca e decise di aprirla il mattino
seguente.
La prese e cominciò a leggere:"Cara e
gentilissima signora Perkinson" c'era
scritto "mi preme molto dirle questa cosa.
Come lei ben sa mio marito Lot è il padre
della nostra meravigiosa Kitty,

ma non le ho mai detto, e credo invece di
doverla informare, che purtroppo io non sono
la sua vera mamma.
Infatti la nobilissima signora Jennifer, la
vera madre, è morta a soli due anni dal
matrimonio con Lot.
Oh, non sa quanto mi dispiace dirlo, ma è
una questione di lealtà che mi ha spinto a
scriverla.
Io ho conosciuto Lot solo alcuni anni dopo,
quando Kitty aveva tre anni;
ma lei giustamente non può ricordarsi della
sua mamma, era troppo piccola.
La ringrazio vivamente per aver tenuto con
lei nostra figlia fino ad ora,
ne siamo veramente molto grati. Non potremo
mai ricambiarla. Saluti, signora Alwin".

Kitty era sconvolta, terribimente confusa,
non sapeva proprio come comportarsi.
Voleva bene a Katherine, aveva fatto tanto
per ritrovarla, e non era la sua mamma.
Nel suo cuore era un turbinio di pensieri,
di rabbia, di amore.
Le ci volle un pò di tempo prima di
accettare l'idea che sua madre, quella vera,
era morta, ma a Katherine continuò a volerla
bene come prima.

Nel frattempo, in un tardo pomeriggio
primaverile, Vanessa e Roy, due scrittori
professionisti

che vivevano insieme e insieme condividevano
amore e un piccolo studio adibito a casa
editrice,
stavano cercando nuovi autori da inserire
nelle prossime collane editoriali.
Vanessa, aveva 26 anni, era molto alta,
lunghi capelli bruni, occhi neri,
mentre Roy, 29 anni, aveva capelli castani e
occhi castani.
Si erano conosciuti in un cafè letterario e
avevano avviato la loro piccola attività
poco dopo.
Decisero di inserire degli annunci
pubbicitari per chi fosse interessato.

Kitty scorse l'annuncio sfogliando un
giornale e con la sua solita timidezza e
remora rispose
inviando copie dei suoi scritti con un
atteggiamento poco speranzoso.
"Ma - pensò - almeno ci ho provato".

Ci furono lunghi giorni silenziosi e nel
frattempo Kitty approfittò delle belle
giornate primaverili
per organizzare un picnic all'aperto, in
spazi ampi, verdi, soleggiati ma anche
ombreggiati,
dove oziare con la sua bella gonna a fiori,
gli occhi e il viso riparati
da un grazioso cappello impagliato, i
capelli raccolti in morbida treccia per
alleviare il caldo.

Un buon libro romantico e leggero, fresco e riposante, e la compagnia delle persone più care.
Giornate oziose e felici si inanellavano l'una dopo l'altra.

Una mattina, mentre stava preparando dei toast con spremute di frutta fresca
e qualche piccola sfizioseria, Kitty sentì il telefono squillare.
Alzò la cornetta, era la voce di Vanessa, la talent scout,
che informava Kitty di aver letto ed esaminato le sue copie e che l'aveva scelta come autrice per la loro casa editoriale.

Finalmente... (piano, sussurrato).
Finalmente! (forte, acuto).
Questi i pensieri nella nuvoletta bianca sulla testa di Kitty.
FINALMENTE... (a caratteri cubitali) Kitty aveva coronato il suo sogno.
Eh sì. Piccola grande Kitty. Scrittrice.
Finalmente. Davvero.
A tutti gli effetti. Il lavoro che aveva sempre amato.
Scrivere libri di vario genere per più collane editoriali.
Ce l'aveva fatta. Era felice.

E l'aria tardo-primaverile e i primi giorni
estivi che facevano capolino
aumentavano e irradiavano la sua aria
felice.
C'era una sola cosa che ancora mancava.
Ormai Kitty e Michael e Terry e Mark erano
fidanzati da tempo e mancava organizzare un
bel matrimonio doppio.
Kitty, dopo averli informati della sua nuova
attività di scrittrice,
propose di festeggiare anche le loro unioni
di coppia se tutti erano d'accordo.

La stagione piena estiva o quella della
prima brezza settembrina sarebbero arrivate
da lì a poco
e ci voleva il tempo necessario per i
preparativi.
le coppie erano d'accordo, era veramente
giunto il momento del "gran giorno" per
entrambi.

Decisero di sposarsi in un castello e
organizzarono tutti i dettagli in stile
medievale e rinascimentale,
gli abiti, gli accessori, le acconciature,
il menù, le musiche, l'ambientazione,
l'oggettistica,
tutto respirava di sapore "Renaissance".
Nello stesso giorno, caldo ma non afoso, con
lievi tiepidi soffi di vento,

Kitty e Michael e Terry e Mark vivevano una delle più belle giornate della loro vita. Da ricordare per sempre.

"Auguri splendide coppie e tanti giorni felici per voi".

Printed in Great Britain
by Amazon